이웃집 스텔라 3

Stella Next to Me

Ammitsu

CONTENTS

CHARACTER

히이라기 스바루

잘나가는 배우 겸 모델로
고등학교 2학년. 예명은 "스바루".
아침에 잘 일어나지 못한다.

아마노 치아키

지극히 평범한 고등학교 2학년.
스바루의 소꿉친구이자 보모 역할.

STORY

화제의 배우인 소꿉친구 스바루를 짝사랑하는 치아키. 하지만, 너무 먼 존재가 된 스바루를 앞에 두고, 이 무모한 사랑을 포기하고 싶다는 생각으로 매일을 지내고 있습니다.
스바루의 촬영 현장에 첫 잠입! 그곳에서 "연예인"으로 일하는 스바루가 대단해 보이는 한편, 너무나 멀게 느껴지기만 합니다. 그러나 돌아갈 때 배웅 나온 "소꿉친구" 스바루를 보니 감정이 북받쳐서 그를 잡아버린 치아키가──…?!

episode8

시험공부와 사인

Stella Next to Me

더 멀리
가버리겠지.
…….
왜
그래?
두근

「가지 마.」
두근
두근
「왜냐면
스바루를
좋아
하니까――…」
두근

가….
스바루-.
아,
여기 있다-
앗!
가야겠다
아, 네!
미안, 치이.
할 말 있어?
팍
저기,
아~~~.
그게.

사인!
신도 사인 좀 받아줄 수 있어?
왜?
직접 보니까 너무 멋있고 다정해서! 팬이 되어버렸지 뭐야!
왠지 말하기 쑥스러워서
부탁 할게!
그럼, 파이팅!
위잉—

쿵쾅 쿵쾅 쿵쾅 쿵쾅
바보야 ~~~~!
쿵쾅 쿵쾅 쿵쾅 쿵쾅
나, 충동적으로 무슨 짓을 저지른 거야?!
너무 무모 하잖아!!
신도 씨, 상황 무마 하는 데 이용해서
죄송 합니다, 죄송 합니다.
양심
겁쟁이…….

치이!
아주 머니.
타앙
어휴—. 정말 고마워.
스바루가 받았다고 연락 줬어
아니에요!
덕분에 이런 웃긴 포즈 하고 있는 스바루도 봤는데요.
정말~? 웃긴다.
걔도 참
걔가 일 얘기를 전혀 안 하거든.
…왠지
오라가 다른 사람 같아서
연예인이구나— 하는 걸…

새삼 느꼈어요.
아하하…
나와는 이제 사는 세계가 다른 사람.
—그래서
유일하게 편하게 있을 수 있는 게
치이랑 같이 있을 때라고 생각해.

어릴 때부터.
그, 그런가요?
헤헤…
그럼.
앞으로도 우리 아들 잘 좀 부탁해.
굽신굽신—
, 저만 으 요—.
일은 좀 미루기로 했지만
근데 걔, 기말고사는 괜찮을까 몰라.
요즘 학교 자주 빠지던데요.
낙제하면 연예 활동은 그만두겠다는 약속, 기억하나 모르겠다.
그랬구나!!

전격
스바루 연예계 은퇴
독점 입수
낙제
그건 안 돼.
전국의 팬들이 슬퍼할 텐데,
이유가 낙제라면 너무 한심하잖아!!
「포기 못 할 만큼 좋아 하잖아.」
…….
노력하는 방법 같은 건 잘 모르겠지만
부우
도망치면 평생 스바루에게는 닿을 수 없겠지.

17:33
4G
치아키
다음에 같이 시험공부 하자!
17:33
도와줄 사람도 불러볼게
17:33
「가지 마」가 아니라
내가 쫓아가야 해.
어디, 뭔데?
선생님, 여긴 어떻게 푸는 거예요?
아직 지우지 마세요~!
Z
Z
다자이후 텐만구 방향으로 학업 성취를 빌도록!!
헤이안 시대의 미중년③, 스가와라노 미치자네 공!
너무 우수한 나머지 질투를 사서 다이고 천황에 의해 좌천된 후 죽고, 나중에 사람들이 저세상 원령 파워를 두려워한 나머지 지금은 학문의 신으로 승상! 최강! 짱 무서워!! 최고!!!
헤이안 시대의 아저씨③
헤이안의 미치자네
스가와라 미치자네
(845 ~ 903)
길게 찢어진 눈!
쭉 뻗은 콧날!
문무겸비
③ 견당사
④ 우대신까지 승진!

콘도, 역사 덕후는 다르네—.
중학교 때도 역사는 항상 톱이었잖아.
그런데 난 세계사라
여긴 시험에 나올 거야.
“일본사는 미중년의 보고” 거든.
수비 범위가 너무 넓다. ㅋㅋ
화륵
오늘을 위해 내가 복습 열심히 해놨지!!
스바루, 괜찮아? 할 수 있겠어?
모르는 부분 있으면 물어봐!
…음—.

말은 그렇게 했지만, 중학교 때부터 치아키 석차가 더 낮았잖아.
그, 그런 말은 안 하기로 했잖아~~?!
스냐쿠보다
쫓쫓쫓
......
사각사각사각
역시 기운이 없네.
피곤 한가.
제대로 얼굴 보는 것도 일주일만—
내 했으니.
넌 학교도 빼지면서 공부는 왜 잘하냐?
치사해
능력자 매니저님 에게 배워서.
그리고 타고난 머리 덕일까.
자가 채점 93점이라니 꽤 하네
뭐? 매니저가 W대 출신? 진짜? 미중년이야?
......
미중년… 인가?
뭐냐 그게 세상 불공평하네
작은 동물 같아.
모르모트 계열?
귀엽잖아.
왠지 아까부터 나한테만 차가운데

왜지 …?
혹시 내 노트, 도움이 안 돼?
아니, 덕분에 살았어.
알아보기 힘들었지만.
아, 맞다.
노트에 대한 보답.
잠시만
응?
하야시에게
응원해줘서 고마워요
우와— 아아!
대박, 실물이다—!
하즈키의 사인~~!
게다 이름까 써줬!
나도 에구치 님 사인 받아줘!
어? 으응—.
물어 볼게
꼭이야!

스바루는 하즈키, 씨랑
친해?
응.
그쪽이 친하게 지내주네.
연기 상담도 해주고,
촬영 끝나면 다 같이 밥도 먹으러 가고.
근데 왜?

사진 같은 건 없어?!
어?
있다고?! 단톡까지?!
요전에 고기 먹으러 간 사진은 단톡에서 받긴 했어.
고기 먹는 하즈키 넘 예쁘다
많이 친하구나….
내가 모르는 스바루.
앞으로 더 늘어 가겠지….

잘 지낸다니
다행이다~!
신도랑도
친해 보이네.
~시
아니, 정신 차려!!
일하는 동료잖아.
친하게 지내서
나쁠 건 없지!
단톡도
있는 게
편하고
촬영할 때도
둘이 너무
멋있던데.
호흡도
착착 맞고!
얼굴로
창을 좋아해?!
야.
전 반전 매력!!
칙이네!
하즈키는
고깃집 가면
뭐
먹으려나―.
소장
좋아한다
했나?
진짜―?
나도 좋아
하는데―.
달각
아.
그랬나?
불끈
진짜―.
뭐냐고!
쪼옥―
쪼로록

시끌
시끌
치아키, 엿듣고 있네.
깜짝
응?
아차
뭐—. 그거지.
시노하라 하즈키 따위 어쩌라고— 정도로 여유를 가지라고.
와작와작
으악—!
하루나?!
와자작
고마워, 하루나.
나,
노력해 볼게….

이번에는
제대로
적극적으로.
에헤
와락!
잘 생각 했어!
자! 돌아가자, 하야시.
응?
뭐? 지금 하즈키의 촬영 비화를….
메모
쓸데없는 곳에서 이야기꽃 피우기는.
방해하지 마.

그럼, 건투를 빌게.
고마워~
스바루, 학교에서 봐.
철컥
으응….
또 얘기 들려줘~
…뭔데?
건투라니
다, 당연히 시험이지.
잠깐 쉬면서 아이스크림 사 올까?
알 수 없는 이상한 포즈
갑자기 둘만 남으니까 어색해.

알바비 들어왔으니까 오늘은 먹고 죽자.
요즘 하●다즈 새로운 맛이 날개 돋친 듯 팔린대.
매혹의 트리플 초코
그리고 밤이랑 프리미엄 시리즈의 극상 바닐라 같은 것!
내 건 내가 살게.
…….
어두우니까 위험하다고 같이 와주긴 했는데….
이전 일도 있고

스바루.
혹시 화났어?
…안 났어.
그럼 아까부터 왜 그렇게 불쾌해 보여…?
내가 뭐 잘못했어?
말을 해줘!

빵
빵
…치이는
지금까지 갖고 싶었던 적 없지?
내 사인.
성큼
성큼
…뭐?!
지금 뭐라고
신도 사인
받아다 줘!
앗!
그게…
아니,
그야
치, 친구 걸 일부러 받을 필요 있나??

여자애들 사이에서 꺅꺅거리면
나도 진심으로 보여서
좋아하는 걸 들키진 않을까 부끄러워서.
제일 가까이 있으니까 필요 없다는 건 뭐냐….

응…?
넌 나보다 신도야?
—….
아니, 이런 말투는 신도에게 실례지
미안하다 신도
…어? 삐졌어?
아니.
그럴 리 없잖아.
보

됐어.
GILDA
"제일
가까이"

다,
달라고
해도 돼?
갖고
싶어.
스바루
사인.

―그나저나
전부터 생각한 건데
다들 같은 생각일걸!
왜 이렇게 또박또박 쓰는 거야?!
스바루
쓰기 쉽고 읽기 쉽고 좋잖아.
난 미술 쪽은 약하단 말이야.
좀 더 말이야―. 신도 씨처럼 멋들어지게 해봐!
☆ 같은 것도 넣고.
치아키에게!
Shindo Eiji
정말로 받아줘서 고마워
싫어. 촌스러워―.
아이돌도 아니고.
그럼 최소한 필기체라도
S는 어떻게 쓰는 거지?!
그럼 이렇게 저렇게

치이에게
Subaru★
치아키
스바루
SUBARU
Subaru
Chiaki
아마노 치아키
역사적인
순간에
함께하다니.
팔지는
마라.
바꿀 수 있는지
물어봐야지
대
팔아!!
치이에게

소중히 간직할게.
어디 걸어둘까?
치이.
응?
어?!
쏙 쏙 쏙
쓰윽

야! 이거 유성….

풀썩
—안 되겠다.
오늘 치 체력 끝—.
좀 잘래.
뭐—. 스바루는 문제없어 보여서 다행이야—.
매니저님께 감사해야겠네
너야말로 낙제 괜찮아?
훗,
농담이야.

…치이.
차갑게 굴어서
미안.
으응….

살금 살금
통 통
쏙 쏙
이러면 교복을 못 입잖아….

자는 것
브로마이드로
만들어서
인터넷에
팔아 볼까.
복수로

꽈악
내 마음에 좀 더 솔직해지면
「농담이고.
기뻤어.」
스바루는 대답해 줄까?
내 기대가 너무 큰가.
연예인이고….

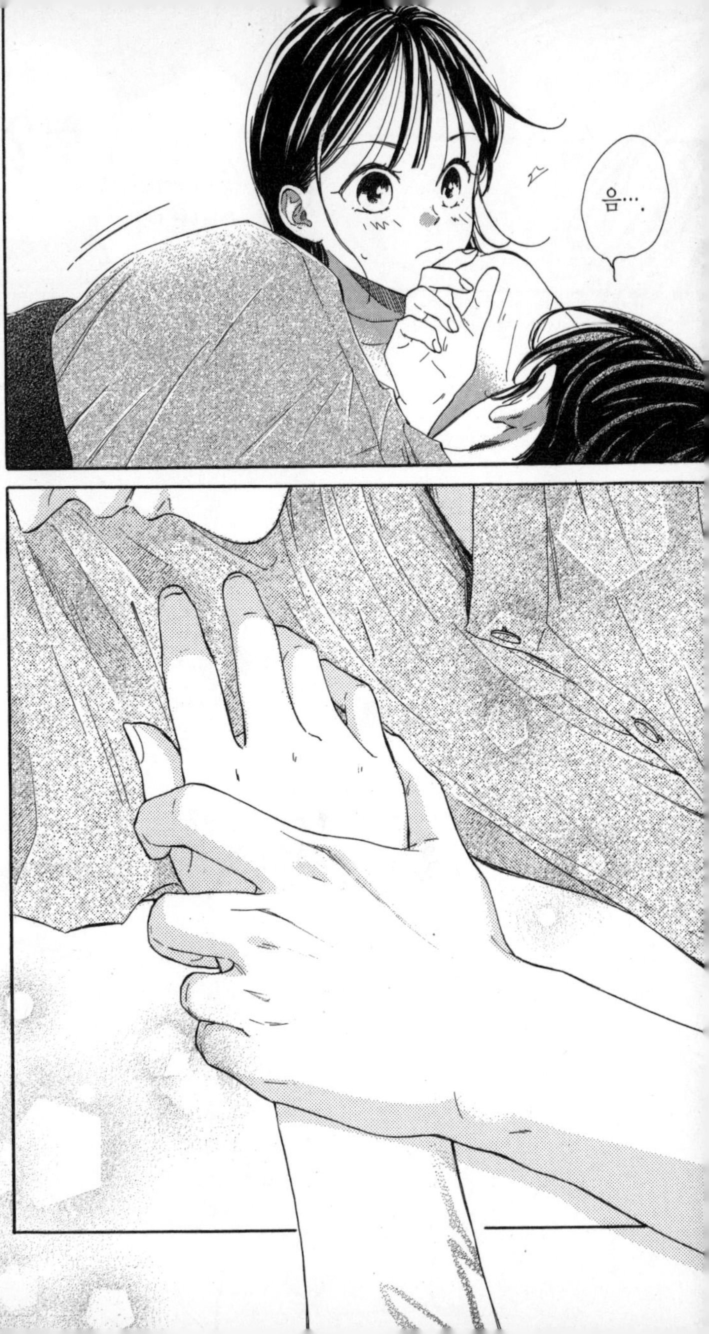
음….

헉?!
스, 스,
스바루?!
자는 거
맞아…?
어쩌지.

예전에
잡았던
손이랑
완전히
달라.
스바루….

좋아….

어
...???

episode9

넘치는 마음

「좋아…」
어떡해.
…….
"좋아"
라고….
들었나
라.
조,
조….
어떡해
조…

조물거리는 게
너무 심하거든—!!
파
앗
아니,
그렇
잖아!
…무슨
소리야?
GILDA

대체 무슨 생각인데?
왜 자는 척 해?
깜짝 카메라?! 요즘 연예계에서 유행해?!
그럼 치이는 왜 내 머리 쓰다듬었어?
깜짝
그, 그야!
먼지가 붙어 있어서….
…….
정말?

난 갈게!
성큼
성큼
성큼
콰앙

부글부글 부글 부글 부글부글 부글 부글
아니, 정말
내가 잠시 미쳤었나 봐!!!!
부글부글 부글 부글 부글부글 부글 부글
잘 넘어 갔겠지?
괜찮겠지?
지금은 아니란 말이야.
더 마음의 준비도 하고 심호흡도 한 후에 해야!

무엇보다
날
소꿉친구로밖에
생각
안 하는데….
…….

딩—
동—
댕—
답지 앞으로 넘겨—.
동—
내내 머릿속이 혼란스러웠지만 어떻게든 첫날은 잘 넘겼어.
하루나 덕분에 헤이안의 미치자네 적어냈어—.
고마워
고마워
미중년의 위업은 영원하지.
…근데

너, 왜 오늘 긴팔이야?
아까부 궁금했는
또끔
꽉
아, 아침에 커피를 쏟았지 뭐야.
난 또. 팔에 커닝 페이퍼라도 쓴 줄 알았잖아.
아니야
부우
11:50
11:50
스바루 새로운 메시지
어, 뭐지?
뭔데 뭔데 뭔데?!
스바루
시험 고생했어 점심에 야들야들 오므라이스 먹고 싶어
스바루, 이런 이모티콘도 쓰는구나.
아니, 안 써. 안 쓰는데!!

무슨 꿍꿍이야 …?
매일 같이
실례… 합니다….
오늘은 내가 만들려고.

아무래도 요리하는 남자가 인기가 많잖아.
왜 그래? 어디 아파?
Suba's kitchen 오픈입니다!
투욱
응? 인기 없어?
지금도 충분히…
그야 뭐
좋아하는 애한테는.
…좋아하는 애가
있었어?
농담이야.
하야토가 오므라이스 만드는 신이 있거든.
본방 전에 연습해 두려고.
아, 그렇구나….
휴

나,
마지막으로
칼 잡아본 게
초등학교 조리 실습
시간이라.
중학교에선
아무도 칼을
안 넘겨줬거든.
꽈악
고양이
손이지?
어휴,
괜히
다치지
말고.
사방에
밴드 붙이고
드라마 찍으려고
그래?
통
통
삐ー 삐삐삐ー
위험
ー!
양파는
손끝으로
가볍게
눌러야지!!
앗,
그런
거야?

오~.
그렇구나—.
저기요
거리감 에러 난 것 같은데?
평소랑 달라
잘 안 보이니까 그렇지.
무슨, 너 시력 1.5잖아.
바짝 바짝...
혹시 나 가지고 노는 건가?
어제 그 일, 너무 어설펐나?!

…….
소매, 거치적 거리지 않아?
!
이건 괜찮아!
샥
근데 그렇다면 왜.
그냥 놀리는 걸까?
다음은 뭐더라?
보자-?!
닭고기랑 양파를 기름에 볶는다!
사각
사각
아니면 내 마음을 확인하려는 걸까?
네-
…….
스바루도
혹시 나를…,

역시 치이야.
괜히 칭찬하고.
가슴살로 해줘서 고마워
실력이 좋다니까.
한번 떠볼까?
너도 한번 당황해 보라지.
나,
통
통
삭
삭
나도 딱히 잘하는 건 아니지만
스바루가 내 밥을
통
두근
워,
두근
워낙 맛있게 잘 먹어줘서
해주는 거라고 할까.
통
두근
통
내가 필요한가 싶어서….
두근

으악,
눈 매워!
욱
픕.

아,
미안.
조물딱거리면 안 되는데.
이 자식,
역시 그냥 놀리는 거였구나.
퍼억
아야

나머지는 내가 할게.
응? 괜찮겠어?
앗,
계란 어려워!
헙!
읏차
엉거주춤, 보기 좋다.
진짜.
하하

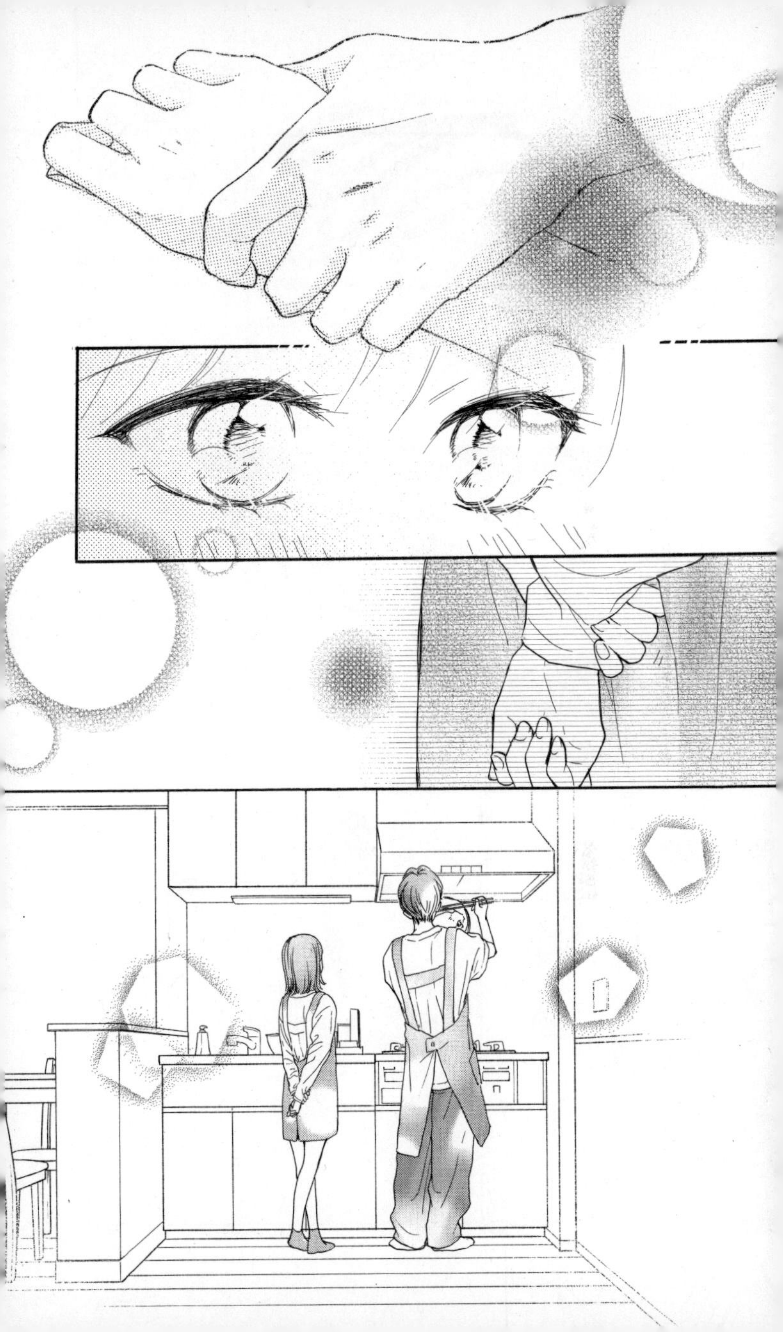

…드라마 찍을 수 있겠어?
…으흣
안심해. 푸드 코디네이터가 만들어줄 거니까.
그래도 좀 더 제대로 만들 수 있게 됐네.
자,
식기 전에 먹어—.
그나마 나온 거 줄게

너무 능숙해지진 말아줘.
그러면 내가 필요 없어지잖아.
그리고 원래 잘생긴 애의 어리버리한 모습이 사랑받는 법이야
어리 버리….

그렇게 날 챙겨주고 싶어?
좋을 대로 듣는구나.
아—
역시 치이가 만든 게 훨씬 맛있다.
달걀이 푸석푸석
당연하지—. 요리한 세월이 다른데!
뭐 그냥 평범하게 맛있네
그래도 나,
치이가 해주는 밥만
좋아하는 건 아니야.

무슨 뜻이야???
FriendMarket
ATM
담배
치아키, 쉬다 와.
네―.
스바루
오늘 점심.
암미츠켄의 슈마이 도시락이랑
야채 주스.
시간 밀려서 욱여넣는 중.
12:45
야채
그날부터 의미도 없는 메시지를 계속 보내네….
젠장~.
지 상해.

메신저는 거의 알림 앱이나 마찬가지였는데….
「집 도착」이라든가 「밥은 됐어」 같은
그래도
소꿉친구 이상이 된 것 같아서
기뻐.
치이가 해주는 밥만 좋아하는 건 아니야.
=
치이도 좋다?
아니, 아니야, 설마….
그럴 리가 없지
16:05
4G
마음을 전할 때의 고백 방법 총정리♡
~성공하는 요령은~
좋아하는 사람이 생기면 마음을 전하고 싶어지기 마련이죠.
타이밍과 장소, 어떤 말로 고백할지 고민 중인 여러분에게 성공하는 고백의 요령을 소개할게요!
아니, 아니야, 아니라고.
정신 차려―!!!

왜 혼자
히죽거려?
아아아,
아무것도
아니야—!
수상해—.
커트—
OK입니다!
수고
하셨
습니다.
수고
하셨
어요.
시끌
시끌
아하하
여기 좀
봐줘

19:45
3시간 전
치아키
도시락 맛있겠다!
푹푹 씹어 먹어
촬영도 파이팅~
3시간 전
치아키
고생했어!
난 지금 알바 쉬는 시간
스바루.
?
네―….

어휴—.
정말—.
타카하시는 너무 눈치가 빠르다니까.
투덜
투덜
조심 해야지.
오늘 아주 푹푹 찌네.
긴팔 답답해….
얼른 샤워하고 싶다
스바루 드라마도 금방 시작 하겠구나.

후훗
…오늘은 답이 늦네.
바쁜가.

타닷
어서 와!
오늘은 일찍 끝났네.
응.
치이도 어서 와.
기운이 없어 보이는데?
응?

아—. 배고파서 그렇구나?
오늘은 내가 만들어줄게.
뭐 먹고 싶어?
폽.

아하하
왜 아직 남겨놨어?
앗!
아차
이건….

지우면 네가
'뭐야~~. 지웠어—??' 라고 할 거잖아.
아하하, 무슨 소리야.
앗! 제대로 씻고는 있어!
꼼꼼하게 씻고 있으니까 더럽진 않아!
재주 좋네—.

꼬옥
고마워.

또
혼나겠다.
조물거렸네
아.
팟
미안.
..자,

장난 이야….
화 안 났어.
사인도
내가 안 지우고 싶어서….

말해.
치아키,
말해!
나,
스바루를
좋아해.

전부터
계속
좋아했어.

이렇게
스바루를 쳐다 보는 건
처음이다.

episode10
스바루의 대답

이웃집 스텔라

조금은
특별하다고
계속
좋아했어.
생각해도
되는 걸까?

두근
두근
두근
두근

스…
스바루
…?

미안.

치이는
그냥 소꿉친구로 밖에
안 보여.
철렁

…아.
아, 그렇구나. 하긴 그렇지.
쿵
쿵
아하하, 이런.
아.
쿵
쿵
응…!
……․
쿵
미안.
……․
쿵
쿵
내가 너무 그 관계에 기댔네.
그러니까 이제
아침에 깨우고 밥 차려주는 것 안 해도 돼.
아니, 그건 내가 하고 싶어서 멋대로─….

미안.
갑자기
이상한 소리
해서!
전부
잊어버려!
…치이!

야…

이거
놔!

아….
차였나 …?
어 …?.
왜 잘될 거라고….
뭐였을까?
그건 다 뭐였어?

아니야.
「치이가
해주는
밥만
좋아하는 건
아니야.」
내가 혼자
들떴던
것뿐이야.

쏴아아아
벅
벅

따르르르릉
삐삐삐삐
Pi Pi Pi Pi Pi Pi

이런. 그대로 잠들어 버렸⋯.
Pi
몇 시⋯.
Pi Pi Pi
6:30
아침에 깨우고 그런 것 안 해도 돼.
…윽!
삐 삐 삐
Pi Pi Pi
?
삐 삐 삐
삐 삐 삐 삐 삐 삐 삐 삐
…끄러 가자….
삑.
……
…혼자 잘 일어나네.

여어!
콕
역
앗
안녕.
오래 기다렸어?
콕콕
무슨 일이야? 표정이 안 좋은데.
별일
오늘도 스바루는 일?
아.
응, 그렇지!
하루나….
후후후
그럼 이걸로 기운이 좀 날까?
받아.
팔랑
?

드라마 『비터 스위트 달링』
제1화 선행 시사회
2 ××시네마
20××년 7월 ×일(일) 15:1
전석 지정 E
스크린 1
스바루 드라마 선행 시사회야. 무대 인사까지.
심지어 5열
SNS에서 추첨했잖아.
친구까지 동원했어.
경쟁률 장난 아니더라.
나도 에구치 님 영접하러 갈 거야…♡
하루나 올해 최고의 기쁨…
근데
반응이 왜 이래—!
어…?

고마워.
기대 된다.
이렇게나 응원해주는 하루나에겐
ㅣ를 낮이
겠어서라도
ㅏ였다고
ㅏ
ㅡ 하겠어.

어쩌지…․
그래도…
빈자리를 만들 순 없으니까….
하루나가 이렇게 구해주기도 했고…
일이 이렇게 되지 않았다면
평소처럼….
아니, 그래도 시노하라 하즈키랑 같이 있는 걸 보는 건…
아니지. 나 차였잖아…
팟
왜,
왜 고백 했을까.

!!
어버버버
파앙
파악
펄럭
하아
하아
펄럭
펄럭
펄럭
펄럭…

이제
「어서 와」
라고
맞아줄 일도
없어지는
걸까.

와글
와글
비터 스위트 달링
제1화 선행 시사회
세상에….
이렇게 앞에서 오페라글라스를 쓰면 모공까지 보이겠어!
에구치 님 손하트 해줘
그런 걸 봐도 되는 걸까—?!!
리오

근데 넌 왜 변장했어?
스바루가 못 알아보잖아
움찔
내가 눈에 띄면 집중 못 할 것 같아서.
웅얼 웅얼
뭐—어 ??
오늘은 다들 와주셔서
정말 감사합니다.
그날부터 오늘까지 스바루를 만나지 않았다.
스바루도 날 피하고 있겠지….

쓸쓸해.
원래 대로 돌아갈 수는 없을까.
전부 없던 일로 하고
「사실 시사회 갔었어」,
「드라마 좋더라」 라고.
그러면
고마워.
라고….
그럼 배우들 입장하겠습니다.
와아
다들 박수로 환영해 주세요!
짝
짝
짝
짝
짝
꺄

비터 스위트 달링
까아아아아—아
짝
짝
짝
짝
짝
짝
짝
짝
짝

짝
짝
짝
와— 사람 엄청 많네!!
그러게요
꺄아—
리오—
스바루—
짝 짝 스바루
하즈키—
에구치님
에구치님
에구치 님
또—
…….
아무 일도
없었던 것처럼….
스바루—!!
스바루 군
이쪽 좀 봐줘요—.

어떡해!
어떡해, 이쪽 보지 않았어?!
눈 마주쳤나?! 변장한 걸 들킨 거야?!
동작이 멈췄어.
왜 여기 있는지 생각하나 봐….

스바루 씨?
아,
네.
죄송 합니다, 긴장해서 그만.
하하
파이팅~
귀여워~
전혀 그렇게 안 보이는데요.
아하하하하
…….
「예전으로 돌아가고 싶다」 면서
스바루의 마음은 생각지도 않고 뻔뻔하게 나타나다니.
미안해, 무신경해서.
오늘 좋은 시간 보내고 가세요.
최소한 드라마라도 제대로 보고 가자….
짝
짝
비터 스위트 달링
짝
짝
짝
꺄아아
아까부터 너,
나한테 무슨 할 말 있어?
앗….
두근

꺄
아아, 네가 개구나.
아아아…
앗, 뭐야…. 너야말로 누군데.
어? 아무 말도 못 들었어?

씁쓸하고
강압적이고
솔직하지
못한
하야토.
연기
잘하네.

이렇게
다양한 사람들에게 둘러싸여
응원 받고
주목받고 있어.

욱.
흑.
담깐
왜 그래?
이, 이렇게 가까이에서 스바루를 보다니.
흑, 기뻐서….
그러게!!
어떡해 나까지 눈물 나
나랑은

너무
멀어.
비터 스위트 달링

차였으니까,
그럼, 다시 한 번 성대한 박수를―.

짝
짝
「소꿉친구」
니까
까
짝
짝
짝
짝
나도
짝
응원을
….
짝
짝
…….
짝

Saudade
짝
짝
짝
짝
짝
짝
짝
짝
짝

치아키?
왜 그래.
짝
짝
짝
짝
짝
짝
꺄아
고마워요—
짝
짝
짝
짝
짝
와아아아…

스바루
....

이웃집 스텔라
이게 맞나?
저 순진한 아저씨
아아ㅡ
에구치 님 손하트 해줘

Stella Next to Me

듬직한 가사 대행이네.
안 그래, 하야토?
말해두는데, 나는 소우 형처럼 다정한 사람이 아니거든?
이 형제,
아무래도 보통이 아닐 것 같아…
episode11
상심과 간병
To be Continued♡

※ 치아키 엄마
어쩜 ~~ ~~♡
클리셰 범벅이지만 미남들에게 둘러싸이는 건 역시 꿈만 같지.
말랑 달콤 오빠랑 건방지고 틱틱대는 동생 중에 어떻게 고른담♡
보육사도 하면서 가사도우미도 해버릴까
사에구사 미요시
시노하라 하즈키
'오노즈카 아키라'
신도 리오
오노즈카 하야토
스바루
그렇지, 치아키!
아하하
엄마는 나이에 안 맞게 뭘 설레고 그래.
마음만은 영원히 스무 살인걸.
마음이 촉촉해지면 피부도 달라져.

그나저나
스바루는
매일 바쁜가
보네
코빼기도 안 보이고.
매일 같이 티비에 나오니까 녹화도 일이다♡
그러게—.
대답이 왜 그리 건성이야?
나 이만 잘게. 잘 자—.
웃차
뭐? 벌써?!
좀 더 얘기하다 자, 치아키~!
한 번 더 보자
시사회로부터 닷새.
비터 스위트 달링
스바루의 드라마가 예정대로 시작되었다.
비터스윗
기다렸어 스바루!!
미남미녀 눈호강
스바루 ♡♡♡ 동생 귀여워♡♡♡
오노즈카 형제 둘 다 대박
하즈키 로코 잘 어울리네!
나도 끼고 싶어!
다음 주까지 어떻게 기다려><
신도 리오 연기 물올랐어
오빠아—!
SNS는 야단법석.

하루나에겐 차인 사실을 말했다.
미련이든 변명이든 뭐든 들어줄 테니까 담아두지 마!!
그렇게 말해줘서 마음이 좀 나아졌다.
하루나는 사과했지만
잘못한 게 없는걸.
…….
오늘도 안 돌아오나 보네.
불도 안 켜고 있는 걸까.

모르겠어.
지금 뭘 하고 있는지.
연락할 리가 없지.
내가 망친 거야.
예전으로는 돌아갈 수 없어.
적응 해야 해.
스바루가 없는 생활에.

14:00
토요일 점심은
동네 산책 새터데이 그래피티
동네 산책 새터데이 그래피티☆☆☆
이번 주는 새 드라마 「비터 스위트 달링」의 주연 세 사람이 등장!
까아—. 스바루—.
오모테산도 산책 입니다.
대기
정좌
정말
나오는
벌—컥!
안 돼!
오늘은 알바 전에 미용실도 가고 쇼핑도 하고 카페에서 새 프라푸치노도 맛보고 행복해지기로 결심했단 말이야!!
상심 플랜이다—!!
다녀 오겠 습니다!!!

철렁
왓,
와,
와.
......
벌렁
벌렁
부르릉...
택시 타고 다니고, 돈이 넘쳐나네.

흥
가자...!
펄썩
?

스바루
…!
괜찮아
?!
?!
세상에….
얼굴이
빨개.
열나?!

그냥 현기증이 좀 난 것 뿐이야…
뭐? 설 수 있겠어?
너희 엄마 집에 계셔?!
됐으니까 내버려 둬….
—치,
친구 잖아!!
번쩍
어떻게 못 본 척 해—!

흥
비틀…
털썩
휘익
……

꼬르르륵…
…….
죽
같은 거 먹을래?
…….
괜찮아.
죽만 만들고 갈게.
부엌 잠깐만 쓴다.
이걸로 땀 닦고
빠릿빠릿
이거 갈아입어
우당탕탕…

하아…
이를 어째.
시사회도 그렇고,
찬 사람이 옆에서
얼쩡거리다니,
스바루 벌주는 거야,
뭐야.
부담스러운
존재가 되긴
싫은데….

이거 두고 갈게.
…응.
…….
얼른 나가자.

고마워,
치이….

... 병원은 다녀온 거지?
응.
과로래.
한심하지.
하
한심하긴 뭐가!
매일 열심히 사니까 그런 건데.
드라마
재미있더라!
아
시사회는 말이야,
하루나가 티켓을 구해줘서 어어, 어쩔 수 없이 갔던 거야!

연기,
많이 늘어서 깜짝 놀랐어.
언제 그렇게 잘하게 된 거야?
자
아, 고마워
중얼
…실망시키고 싶지 않아서.

하긴. 그렇게 응원해주는 팬들이
얼굴밖에 볼 게 없다고 생각하면 좀 그렇지!
평소처럼 그만.
이 바보
훗.
시끄러워.
아~
맛있다.

—치이.
왜?
미안한데
가방에서 대본 좀 꺼내줄래?
아, 응.
뒤적뒤적
비터 스위트 달링
-5-
그때의….
「연습 해볼래…?」
하야토 나였
미요시
하야토…?
미요시를 바라보는 하야토
미요시에게 키스한다.

어?
읽으려고?
좀 쉬지 그래?
비터 스위트 달링 -5- 스바루
음—.
그래도 내일 부터라.
이거 촬영.
…….
응, 그렇구나.
그럼 더더욱 빨리 열 내려야겠네.

……부우―
타나세 씨
부우―
받아.
난 이만 가볼게.
……
부우―
부우―
부우―
부우
어휴,
끊어 지겠다.
자
슈욱
윽!
아, 스바루!
집에 잘 갔어?!
아, 네.
죄송해요, 폐를 끼쳐서.
괜찮아.
오늘 하루 푹 쉬어.
내일도 힘들면 말하고.

어머니께도 연락 드렸어
그럼 정말 무리하지 마라
타악…

FriendMarket
ATM 술 담배
잘,
잘 처신한 걸까.
어서 오세요—.
단순한 소꿉친구니
죄송한데요 복사기 사용법이—
도와드릴게요 같이 해봐요!
거리감을 착각하지 않게 조심하자.

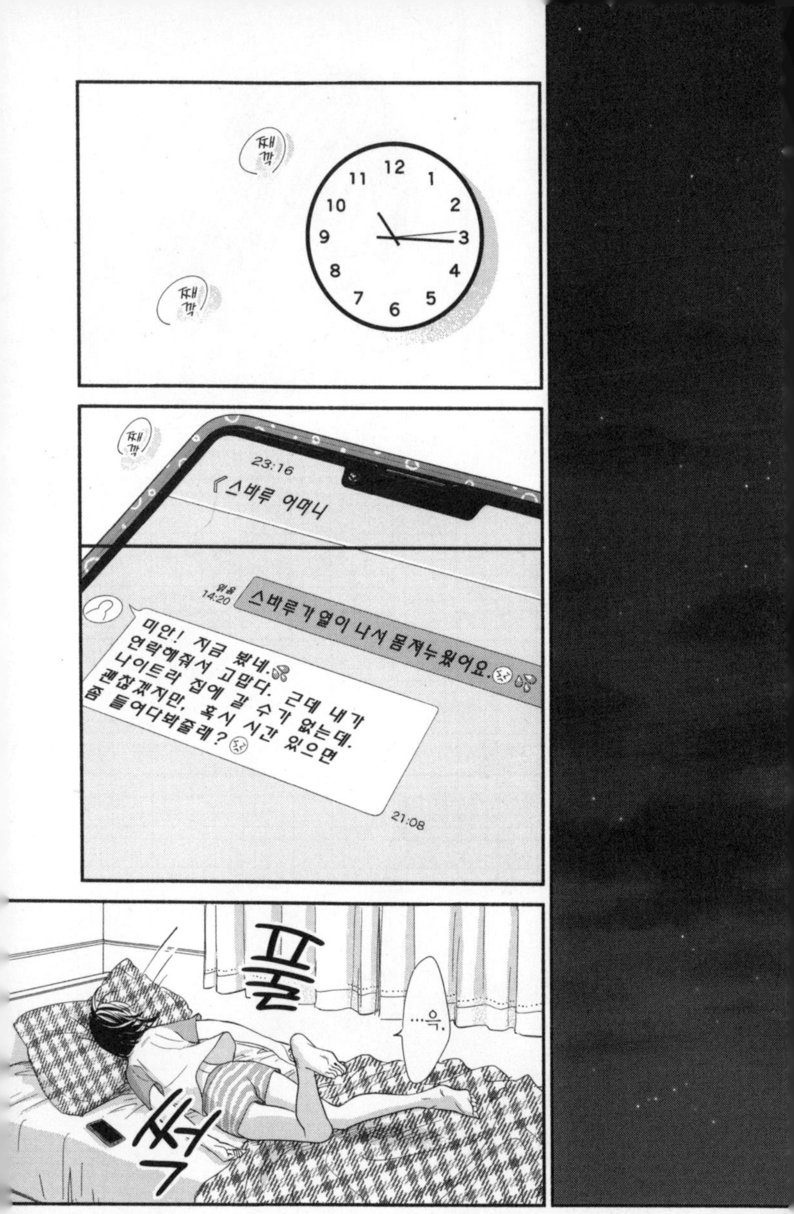
째깍
째깍
째깍
23:16
《스바루 어머니
읽음 14:20
스바루가 열이 나서 몸져누웠어요.
미안! 지금 봤네. 연락해줘서 고맙다. 근데 내가 나이트라 집에 갈 수가 없는데. 괜찮겠지만, 혹시 시간 있으면 좀 들여다봐줄래?
21:08
풀썩
…윽.

걱정 되지만
이미 두 번이나 가서 성가셔할지도 몰라.
아무리 스바루 어머니 부탁이라고 해도
난 이제 간호할 수 있는 입장도 아니고.
연예 NEWS
주목받는 배우 스바루 바쁜 스케줄로 컨디션 난조, 드라마 하차…
팬들 걱정의 목소리
하지만
더 심해지기라도 하면—….
삐—뽀—
삐—뽀—
삐—뽀—
삐—뽀—
어…?

사이 소리 다른 곳이 다행이다·
…그래도 나, 스토커 같아.
와버렸네
그냥 소꿉친구로서
생존 확인만 하는 거야.

스바루 ….
자는 척 스바루
이번엔
진짜
는 건가?
꿀꺽
낮보다 열이 더 올랐나….

보다
잠들
었나?
팔랑
생각하지 마,
바보야!!
절레
절레
허그나
키스나
보기 싫으면
안 보면
그만이잖아.

무슨 일 있으면 전화해
치아키
삑
안 하려나.
굳이 나한테는 ….
!
윽…
…으
악몽이라도 꾸는 걸까.

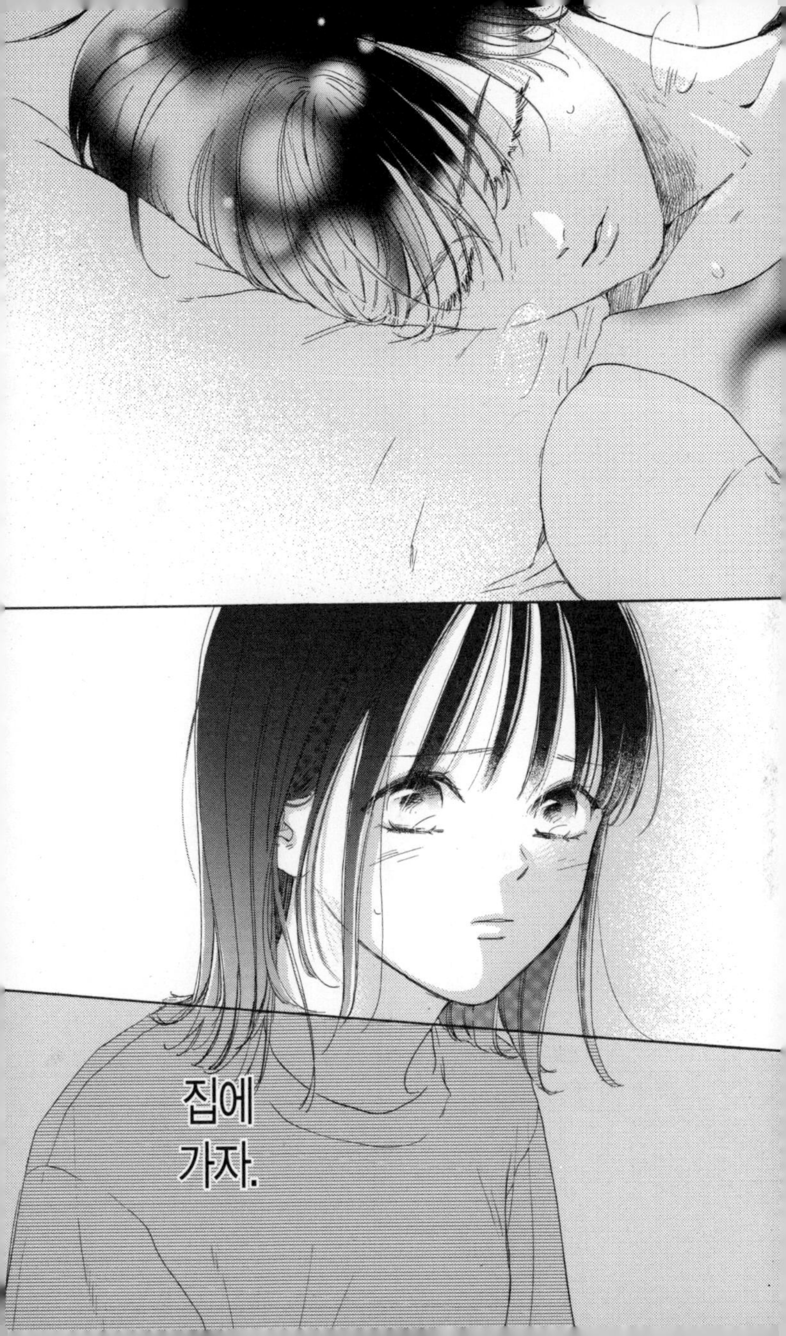
집에
가자.

쨍
가자….

짹짹 짹…
……
툭
…후우.
?
부스럭
무슨 일 있으면
전화해
치아키

…어?

치이
….
새근——…
새근——…

내가
무슨 짓을
한 거지!
미안….
벌떡

이게
뭐야?

~『이웃집 스텔라』 4권에 계속~

이웃집 스텔라

안녕하세요. 암미츠입니다.
「이웃집 스텔라」③을 구입해주셔서 감사합니다.
연말에 액정 태블릿을 산 건 좋은데, 아직 상자에서 꺼내지도 않았어요.
기계치는 여기서부터가 문제란 말이야….
WACOM
근황 보고를 하겠습니다.
최근 제 주변에 건강 관리에 신경 쓰는 친구들이 늘면서
헬스 다녀.
워킹 시작했어.
테니스 다시 시작했어.
저도 뭔가 해야겠다는 생각에 핫요가를 다니는 친구를 따라가 보기로 했어요.
둘둘 둘둘
몇 번 해본 어느 날. 양 허벅지에 쥐가 나서 격통.
찌릿
호달달달
순간 이 세상의 끝이 보이더군요.
고양이들도 건강합니다.
우란은 암컷이라 그런지 덩치가 커져도 아담해서 신선해요.
두둥
날씬
운동량은 상당합니다.
아크로 바틱!!
아톰에 비하면 잘 울고
조용
골골송도 잘하고요.
골골골
조용

둘의 거리는
서서히
가까워져서…
잘 핥아주는 우란
날름
날름
처음에는 잠자코 해주는 대로 두는 아
점점
인내심이 바닥나는
아톰
할짝
할짝
그래도
집요하게 핥는 우란
싸우는 거
무서워
정말 만화처럼 구른다
조마
조마
이건 무슨 심경인가요?
여러 마리 키우는 분, 알려 주세요!
※다치진 않았습니다
그래도 순정 만화가인 제게는
「무뚝뚝한 오빠에게 열심히 들이대는 여자애 구도」로밖에 안 보여서
슬쩍
오빠― 오빠― 오빠―
성가셔
하지만 가끔 다정하다
다음 연재 계획에 넣어두자.
이렇게 되곤 합니다.
고양이 알레르기는 재채기와 콧물이 심해져서, 작업실로 도망치게 되었습니다.
덩그러니…
현실。
처음 두 마리가 됐을 무렵 상상도
못 말려―
Special Thanks
모든 독자님 코우노 쿠코 씨
담당자님 이부키 씨
편집부 분들 가족 & 친구들
디자이너님 PG
단행본에 힘써주신 모든 분
* 편지 기다리겠습니다 *
112-8001
東京都文京区音羽2-12-21
講談社 別冊フレンド 気付
餡蜜(あんみつ) 앞으로

4권의 스텔라는….
「계속 좋아했어.」
두근
두근
고백하고…
「소꿉친구로 밖에 안 보여.」
차이고…
키스 당하고?!
다음 권도 기대해 주세요!!

…스바루는 대체 무슨 생각인 거지?

이웃집 스텔라 4

이웃집 스텔라 vol. 3

2023년 11월 25일 제1판 제1쇄 인쇄
2023년 11월 30일 제1판 제1쇄 발행

작가 | Ammitsu
번역 | 이소연

발행인 | 오태엽
편집팀장 | 이수춘
편집담당 | 이혜리
표지 디자인 | Design Plus
라이츠사업팀 | 이은선, 조은지, 정선주, 신주은
출판영업팀 | 김정훈, 이강희
제작담당 | 박석주

발행처 | (주)서울미디어코믹스
등록일 | 2018년 3월 12일
등록번호 | 제 2018-000021
주소 | 서울특별시 용산구 한강대로 43길 5

인쇄처 | 코리아 피앤피